Analyse d'œuvre

Rédigée par Morgane Lambinet

L'Amant

de Marguerite Duras

Profil Littéraire

MARGUERITE DURAS

- Née le 4 avril 1914 à Gia Dinh (Viêt Nam).
- Décédée le 3 mars 1996 à Paris.
- **Quelques-unes de ses œuvres :**
  - *Moderato cantabile* (roman, 1958)
  - *Le Ravissement de Lol V. Stein* (roman, 1964)
  - *Les Yeux bleus cheveux noirs* (roman, 1986)

Auteure discutée et vénérée à la fois, Marguerite Duras ne laisse personne indifférent, que ce soit par son écriture très personnelle, son caractère de diva, son importante médiatisation ou la prédominance de sa vie dans son œuvre. Après avoir suivi une formation en droit, en sciences politiques et en mathématiques, elle se lance dans une carrière où l'écriture règne en maître. Romancière, dramaturge, metteuse en scène, scénariste et réalisatrice, elle bouscule les codes de tous les domaines qu'elle touche, dans la recherche constante d'une expression personnelle.

En 1950, elle publie *Un barrage contre le Pacifique*, roman dans lequel elle raconte son enfance en Indochine. Les sujets de ses textes, qu'elle puise dans son expérience personnelle, se centrent sur la femme, la famille, l'amour ou le silence. Huit ans plus tard, *Moderato cantabile* marque le passage vers une écriture plus épurée où les dialogues et les ellipses prédominent. Par cette œuvre, elle se rapproche des auteurs du Nouveau Roman, mouvement littéraire qui tend à s'éloigner du roman classique. Dans cette perspective, la chronologie, la trame narrative et les personnages sont déconstruits pour laisser place à la subjectivité et au langage de l'auteur. Son travail cinématographique est également reconnu, comme en témoigne le succès mondial de son scénario pour le film d'Alain Resnais, *Hiroshima mon amour* (1959). À la même période, elle écrit *Le Ravissement de Lol V. Stein* et *Le Vice-consul*, qui mettent en scène les milieux diplomatiques sous les traits de personnages hantés par la folie et l'alcool.

En 1984, Marguerite Duras reçoit le prix Goncourt pour *L'Amant*, une récompense qui la propulse parmi les écrivains les plus médiatisés du XXe siècle. Avec ce roman, son style évolue vers toujours plus d'immédiateté, de rupture et de limpidité. Elle publiera encore deux œuvres, *La Douleur* (1985) et *Les Yeux bleus cheveux noirs* (1986) avant de s'éteindre de vieillesse dans son appartement rue Saint-Benoît.

L'AMANT

- **Genre :** roman autobiographique.
- **1ʳᵉ édition :** en 1984.
- **Édition de référence :** *L'Amant*, Paris, Éditions de Minuit, 1984.
- **Personnages principaux :** la jeune fille, l'amant, la mère, le petit et le grand frère.
- **Thématiques principales :** la première relation amoureuse, la sexualité, le cercle familial, la vocation d'écrivain, la transgression des règles, l'Indochine, la violence, la colonisation.

Publié en 1984, *L'Amant* est vendu à plus de deux millions d'exemplaires dans le monde entier. Le prix Goncourt et la surmédiatisation de Marguerite Duras ont participé au succès considérable d'une auteure que certains jugeaient jusque-là trop intellectuelle.

Le roman raconte la liaison d'une jeune Européenne de 15 ans avec un Chinois millionnaire plus âgé qu'elle. Même si l'œuvre séduit de nombreux lecteurs, elle crée également la polémique par son caractère autobiographique. En effet, cette confession d'une liaison à cet âge et dans ces conditions de la part d'une auteure reconnue choque profondément une partie du public.

Suivant le fil de sa mémoire, dans un mélange de souvenirs et de narration de la relation des deux amants, Marguerite Duras offre un récit fragmenté porté par une écriture épurée. Mais en plus de vivre les premiers émois amoureux d'une jeune fille avec un homme de 12 ans son aîné, le lecteur assiste à la naissance de l'identité et de la vocation d'une auteure de génie.

LA VIE DE MARGUERITE DURAS

Portrait de Marguerite Duras.

UNE ENFANCE EN INDOCHINE

Marguerite Donnadieu est née de deux parents enseignants

le 4 avril 1914 à Gia Dinh, dans la banlieue de Saigon. Elle passe toute son enfance en Indochine avec ses deux frères et sa mère, son père étant décédé quatre ans après sa naissance. Après la perte de son mari, Marie Donnadieu, la mère de Marguerite, investit dans un terrain sur les bords du Mékong, mais la terre est régulièrement inondée et donc incultivable, ce qui provoque la ruine familiale.

À l'âge de 12 ans, Marguerite entre dans une pension du côté de Saigon. C'est sur son trajet pour l'école qu'elle rencontre le Chinois qui deviendra son amant pendant un an et demi.

Elle quitte une première fois l'Asie avec sa mère et son frère cadet pour la France, mais revient un an plus tard en Indochine pour passer un bac en philosophie.

UNE FORMATION MULTIDISCIPLINAIRE

En 1932, Marguerite quitte définitivement sa terre natale pour Paris, où elle entame des études de droit. En parallèle, elle étudie les mathématiques, en mémoire de son père. En troisième licence, elle s'inscrit à l'École des sciences politiques, tout en poursuivant ses deux autres cursus, dans lesquelles elle obtient de très bons résultats. Elle se passionne également pour le cinéma et le théâtre, où elle se rend souvent. Elle suit tous les metteurs en scène qui comptent à l'époque et qui participent à la révolution du théâtre moderne, comme Ludmilla (1895-1951) et Georges Pitoëff (1884-1939), Charles Dullin (1885-1949), Louis Jouvet (1887-1951) ou encore Antonin Artaud (1896-1948).

C'est durant sa formation en droit que Marguerite

Donnadieu rencontre Robert Antelme (1917-1990), qui deviendra son époux en 1939. Deux ans plus tard, elle tombe enceinte, mais donne naissance à un garçon mort-né, une perte dont elle ne se remettra jamais.

LES ANNÉES DE RÉSISTANCE

En 1942, elle rencontre Dionys Mascolo (1916-1997), l'un des amis de son mari, et devient son amante tout en conservant de très bonnes relations avec Robert Antelme. La même année, elle reçoit un télégramme de sa mère lui annonçant laconiquement la mort de l'un de ses frères : « Paul DCD. » La soudaineté de la nouvelle et le manque de délicatesse de sa mère choquent profondément Marguerite qui était très attachée à son jeune frère. La même année, elle déménage à Saint-Germain-des-Prés, rue Saint-Benoît, où elle vivra jusqu'à la fin de sa vie.

En 1943, elle publie son premier roman, *Les Impudents*, sous le nom de Marguerite Duras, pseudonyme qu'elle choisit en référence au village d'origine de son père. Elle entre dans la Résistance aux côtés de son époux et de son amant. Elle s'engage également avec eux dans le Mouvement national des prisonniers de guerre et déportés dirigé par Mitterrand (1916-1996). Elle entretient des relations amicales avec le futur président français dès cette époque. Un an plus tard, Robert est déporté et enfermé dans un camp de concentration dont il ne sortira qu'à la Libération en 1945, très affaibli.

En 1944, elle publie son deuxième livre, *La Vie tranquille*. À partir de cette époque, elle reçoit régulièrement chez elle des membres du Parti communiste auquel elle a adhéré durant la guerre.

PREMIERS SUCCÈS LITTÉRAIRES

Le 30 juin 1947, Marguerite donne naissance au fils de Dionys, Jean Mascolo. Duras voue une véritable adoration à cet enfant et entretient avec lui une relation fusionnelle tout au long de sa vie. La même année, elle divorce de Robert Antelme.

En 1950, son roman *Un barrage contre le Pacifique* est sélectionné dans la liste du prix Goncourt. C'est toutefois Paul Colin et son roman *Les Jeux sauvages* qui le remportent. Elle cède ses droits pour l'adaptation de son œuvre au cinéma, et sa première pièce de théâtre, *Le Square*, est montée en 1956. Elle rompt avec Dionys Mascolo, puis rencontre Gérard Jarlot (journaliste et écrivain français, 1923-1966) qui devient son amant. Elle lui dédie *Moderato cantabile* (1958), qu'elle fait publier aux Éditions de Minuit.

Quelques mois plus tard, elle rencontre le succès avec le scénario d'*Hiroshima mon amour*, tandis que *Le Ravissement de Lol V. Stein* (1963) est vendu à 1 000 exemplaires. Par contre, son roman *Le Vice-Consul* (1966) est mal accueilli, ce que supporte mal l'auteure qui affirme que les médias ne la comprennent pas. Tout au long de sa carrière, elle entretiendra des relations houleuses avec la presse et se lancera dans de nombreuses batailles médiatiques à travers lesquelles on découvre une Marguerite Duras souvent égocentrique et capricieuse.

En parallèle à son travail d'écrivain, Duras est metteuse en scène de théâtre. Après les dernières critiques à l'encontre de son œuvre, elle met l'écriture de côté pendant quelque temps et choisit de se consacrer au cinéma à partir de 1966. Réalisatrice, actrice et scénariste, elle réalise notamment un film avec son fils Jean Mascolo à partir de sa pièce *La Musica*. Parallèlement à son activité artistique, Duras s'engage pour le droit à l'avortement et à la contraception.

LE LONG DÉCLIN

En 1980, elle publie *L'Été 80*, un ensemble d'articles rédigés pour le journal *Libération*. À travers ce recueil, l'auteure avance que ses entretiens et ses interviews font partie inté-grante de son œuvre littéraire et souligne par là que la vie de l'écrivain doit servir intégralement son œuvre.

En 1982, Marguerite Duras suit une cure pour soigner sa dépendance à la boisson. Durant cette période difficile, l'auteure reçoit de nombreux courriers d'admirateurs, parmi lesquels celui de Yann Andréa. Malgré son homosexualité, ce passionné de l'œuvre de Marguerite Duras devient son amant. Même si leur relation se révèle extrêmement complexe, Yann restera à ses côtés jusqu'à la fin de sa vie et dactylographiera ses récits quand elle sera incapable d'écrire. À cette époque, Marguerite Duras souffre d'alcoo-lisme et de dépression, entre autres problèmes de santé, et elle se plaint régulièrement de la folie et de la souffrance qui naissent de son besoin d'écriture.

Si elle a suscité la polémique tout au long de sa vie, ce n'est rien en comparaison de celle qui naîtra de l'article qu'elle rédige en 1985, dans lequel elle prend la défense d'une mère considérée coupable de l'assassinat de son propre fils.

LA CONSÉCRATION

C'est durant ces années difficiles que Marguerite Duras retrouve un journal dans lequel elle avait consigné son histoire avec Léo, son amant chinois. Elle décide d'en faire un roman dans lequel elle souhaite faire tomber le masque et creuser dans l'histoire familiale. Cet épisode qu'elle avait déjà abordé dans *Un barrage contre le Pacifique* est rendu différemment, puisque toutes les personnes qu'elle évoque ont disparu, ce qui lui offre une nouvelle liberté. Duras ne ressent plus l'inconvenance de cette partie de sa vie et le récit prend la forme d'un aveu.

Portrait de M. Huynh Thuy, l'amant de Marguerite Duras alors qu'elle n'était qu'une adolescente.

Elle intitule d'abord son texte *La Photographie absolue*. Ce travail que Marguerite Duras considère dans un premier temps comme la légende de clichés photographiques retient l'attention des éditeurs. Ces premiers lecteurs et Yann la persuadent que ce récit constitue un roman à part entière.

Publiée sous le titre *L'Amant*, l'œuvre remporte un succès immédiat et se voit décerner le prix Goncourt en 1984. Deux ans plus tard, elle reçoit le prix Ritz-Paris-Hemingway pour la traduction anglaise.

Après ce roman, Marguerite Duras écrit sans arrêt et publie entre autres *Emily L.* et *Les Yeux bleus cheveux noirs*. En 1987, elle commence l'adaptation de *L'Amant* au cinéma avec Claude Berri (réalisateur français, 1934-2009), mais ses soucis de santé s'aggravent, et elle tombe dans le coma en 1988. Elle en sort six mois plus tard et dicte un dernier livre à Yann, *C'est tout* (1994), dans lequel elle laisse un dernier message d'amour. Elle meurt le 3 mars 1996 chez elle, à Saint-Germain-des-Prés.

RÉSUMÉ DE *L'AMANT*

L'Amant raconte la rencontre entre une jeune fille de 15 ans et son premier amant, un riche Chinois de 12 ans son aîné. Le roman n'est structuré par aucun chapitre et se présente sous la forme d'une suite de paragraphes. Il est important de noter que l'auteure a tout d'abord installé un certain flou autour du caractère autobiographique de cette œuvre avant d'annoncer publiquement que le roman s'inspirait bel et bien de sa vie.

Le déroulement chronologique de la liaison avec le Chinois est émaillé de souvenirs à la fois antérieurs et postérieurs à leur relation. L'auteure y raconte la misère familiale, la vie à la colonie, la mort de son petit frère ou encore son éloignement de sa mère et de son frère aîné. Elle explique également la mort de sa mère et de son père ainsi que les relations complexes qu'elle entretient avec chaque membre de sa famille.

UNE RENCONTRE FORTUITE

Le personnage principal a 15 ans et demi et étudie dans une pension de Saigon. Les premières pages plongent le lecteur dans l'environnement indochinois de la jeune fille, ainsi que dans ses relations avec sa mère et ses frères. C'est sur le chemin de l'école qu'elle aperçoit un jour le Chinois sur le bac qui permet de traverser un bras du Mékong, dans sa limousine noire. Dès le premier regard, elle ressent leur désir mutuel. Ils entament une conversation par laquelle elle comprend rapidement que le jeune homme est riche et que cette rencontre pourrait amener de l'argent à sa famille qui souffre de la pauvreté. L'homme la séduit par des compliments sur sa beauté ainsi que sur sa tenue et finit par lui proposer de la ramener chez elle, ce qu'elle accepte.

Le Chinois lui dévoile sa vie de riche héritier, ses sorties à Paris où il a étudié. Elle sent immédiatement qu'elle pourra faire ce qu'elle veut de cet homme, mais également que cette rencontre va changer sa vie et l'éloigner de sa famille. Très rapidement, il l'emmène dans sa garçonnière, où elle vit sa première expérience sexuelle. Alors que le Chinois tombe amoureux d'elle, et malgré son manque d'expérience, la jeune fille se distancie de la relation en lui demandant de ne pas l'aimer et de la traiter comme ses autres amantes.

ENTRE AMOUR ET PROSTITUTION

La relation qui s'instaure entre les deux amants est définie comme purement physique, d'une part parce que la jeune fille sent que le Chinois ne la comprendra jamais totalement, d'autre part parce que lui sait qu'il ne pourra jamais l'épouser à cause de son père et de leur différence de classe sociale. Le Chinois invite la mère et les frères de la jeune fille dans des restaurants luxueux, des boîtes de nuit où la famille profite de l'argent de leur hôte sans jamais lui adresser un seul regard. Cette attitude dictée par le frère aîné pousse la jeune fille à mépriser son amant. Elle poursuit toutefois leur relation.

La fréquence de leurs rencontres oblige la jeune fille à s'absenter de l'école. Sa camarade de pension, Hélène Lagonelle, se plaint de la voir si peu. Mais la mère de la jeune fille a demandé aux surveillantes de fermer les yeux sur les allées et venues de sa fille. Elle accepte la liaison, l'argent que l'amant leur procure, tout en feignant d'ignorer ce qui se passe entre eux.

La narratrice explique que bientôt tout Saigon est au courant de sa relation et jase sur le déshonneur qu'elle jette sur la famille : « Chaque soir cette petite vicieuse va se faire caresser le corps par un sale Chinois millionnaire. » (p. 109-110)

LA FIN D'UNE HISTOIRE

Pour faire taire les rumeurs, le Chinois offre une bague de fiançailles à la jeune fille, même si son père refuse leur mariage. L'amant souffre de cet amour interdit et du fait que ses sentiments ne sont pas partagés. La jeune fille exprime sa jouissance, son désir sexuel, mais reste insensible à l'attachement de son amant.

La relation touche à sa fin : le jeune homme sait que la jeune fille part bientôt pour la France et n'arrive plus à la désirer comme avant. De son côté, la jeune fille réalise qu'elle l'a peut-être aimé à sa manière. Des années plus tard, alors qu'il est de passage à Paris, le Chinois appelle la jeune fille pour lui jurer un amour éternel malgré son mariage avec une autre femme.

L'ŒUVRE EN CONTEXTE

LE NOUVEAU ROMAN ET
SES CARACTÉRISTIQUES

L'Amant s'inscrit dans un mouvement littéraire qui émerge durant l'après-guerre, le Nouveau Roman. Cette révolution littéraire née dans les années cinquante préconise une coupure nette avec le roman classique balzacien afin d'être plus en phase avec le monde moderne, chamboulé par les deux guerres mondiales qui viennent de se terminer.

Plutôt qu'une école, le Nouveau Roman est un rassemblement d'auteurs qui partagent le même désir de s'éloigner de la tradition réaliste du roman. Ces écrivains remettent en cause le personnage, l'intrigue, ainsi que la chronologie, caractéristiques du roman classique, et mettent davantage l'accent sur le langage, le mélange des genres et les structures originales. Les auteurs phares de cette révolution sont Nathalie Sarraute (1900-1999), Claude Simon (1913-2005), Alain Robbe-Grillet (1922-2008) et Michel Butor (né en 1926). Même si Marguerite Duras ne revendique pas son appartenance à ce courant, elle est classée dans celui-ci par de nombreux critiques, car on décèle dans sa production certaines caractéristiques du genre. De plus, la plupart des œuvres de ces écrivains sont publiées aux Éditions de Minuit, ce qui est également le cas de *L'Amant*.

Alors que le roman traditionnel plaçait le personnage au centre de l'histoire, dans le Nouveau Roman, il possède rarement une identité physique ou psychologique et est souvent anonyme. Si dans le roman de Duras, la narratrice détaille le physique et les vêtements de certains personnages, ces descriptions sont davantage liées à des souvenirs qu'à une introduction des protagonistes sur le modèle classique. De plus, la majorité de ses personnages ne sont pas nommés.

Les néoromanciers se distancient également du temps linéaire, préférant un déroulement du récit plus fragmenté. La subjectivité prédomine, ce qui donne naissance à des textes déconstruits où l'auteur saute d'une image à l'autre en suivant le fil de sa chronologie personnelle ou de sa mémoire. Les passages se succèdent selon le système de l'association d'idées et non pas selon la logique chronologique. Ce procédé est visible dans *L'Amant* puisque Marguerite Duras mêle au présent de sa liaison avec le Chinois le passé et le futur de ses souvenirs. Les transitions entre ces différentes temporalités se font brutalement, comme une succession d'images, ce qui rend le texte plus proche d'un album photo que d'un roman classique.

Dans cette logique, les lieux sont souvent multiples, comme c'est le cas dans l'œuvre étudiée où le lecteur voyage de Saigon à Paris. Cela provoque une certaine confusion au niveau du temps, des lieux et des personnages, qui oblige le lecteur à participer en se composant à partir du texte une logique personnelle. De ce fait, la lecture n'est plus passive, mais demande un certain effort intellectuel.

En outre, le Nouveau Roman a régulièrement recours à la mise en abyme. Même si l'on ne perçoit pas ce procédé dans *L'Amant*, il est intéressant de tenir compte du fait que l'auteure a écrit à plusieurs reprises sa liaison avec son amant chinois, notamment dans *Un barrage contre le Pacifique* et dans *L'Amant de la Chine du Nord* (1991), variant à chaque fois les souvenirs.

Enfin, le Nouveau Roman se définit comme « un essai d'approcher humblement le monde en l'écrivant » (Janvier (Ludovic), *Une parole exigeante. Le Nouveau Roman*, Paris, Éditions de Minuit, 1964, p. 59). Le livre ne prétend donc pas, comme le roman réaliste, refléter la réalité ; il n'est rien d'autre qu'un objet qui tente de saisir une réalité et une histoire personnelle. Cette conception de la littérature s'apparente à la mission que s'est donnée Marguerite Duras en écrivant *L'Amant*.

L'ÉMANCIPATION DE LA FEMME

L'œuvre et les prises de position de Marguerite Duras sont souvent liées à la femme et à sa condition dans la société. Si les personnages féminins sont très présents dans ses textes, l'auteure s'engage également pour la défense et le respect des droits de la femme tant dans les débats privés que sur la scène politique. À cet égard, il est intéressant de dresser un bref parcours de cette émancipation pour mieux comprendre le contexte de l'époque durant laquelle Marguerite Duras a écrit *L'Amant* ainsi que pour déterminer en quoi ce roman participe à la prise de conscience du rôle de celles-ci dans la société.

Pendant les deux guerres mondiales, les femmes ont été contraintes de remplacer les hommes partis au combat dans les usines. Cette évolution aboutit à la mise en place du droit de vote des femmes dans 21 pays à partir de l'entre-deux-guerres. La France n'adopte toutefois cette loi qu'en 1946 et la Belgique deux ans plus tard. Elles peuvent désormais compter sur un meilleur cadre légal, tant au niveau du travail que du mariage, même si beaucoup d'entre elles sont renvoyées à la maison après l'armistice pour que les hommes puissent reprendre leur place.

En 1949, Simone de Beauvoir (1908-1986) publie *Le deuxième sexe*, un essai dans lequel elle affirme que l'éducation, les traditions et les préjugés établissent les différences entre les hommes et les femmes. Elle en appelle à la dignité des femmes pour sortir d'un état inférieur qu'elles se laissent imposer. Pour cette militante, il est primordial que les femmes aient une profession et par là une indépendance économique. Son ouvrage est diffusé dans le monde entier, et les réactions fusent de toutes parts, déclenchant les luttes féministes américaines et françaises.

De 1965 à 1980, les moyens contraceptifs se développent et, peu à peu, la sexualité se sépare de l'enfantement, évolution renforcée en 1967 par l'adoption de la loi Neuwirth qui légalise la contraception en France. Comme les premiers moyens de contraception ne sont pas fiables à 100 %, une avancée quant à l'accès à l'avortement est également primordiale, mais il faudra attendre 1975 pour qu'il soit permis en France grâce à la loi Veil. En Belgique, la contraception est autorisée en 1968, tandis que la loi permettant l'avortement date seulement de 1990.

Dès la fin des années soixante, les mouvements pour la libération de la femme émergent aux États-Unis, en Angleterre et en France, notamment pour contrer l'inégalité que vivent les femmes qui, même si elles travaillent comme les hommes, sont encore traitées comme des objets sexuels. En mai 68, Anne Tristan crée le Mouvement démocratique féminin en France et pose des gestes symboliques forts pour l'égalité homme/femme, à la manière de cette action entreprise en 1970 qui consistait à déposer une gerbe de fleurs sur la tombe du Soldat inconnu pour la femme de celui-ci. Le 8 mars 1974, la Ligue du droit des femmes est fondée et présidée par Simone de Beauvoir. Ces mouvements prônent la fin du diktat du mariage, ainsi qu'une recherche de la sexualité et du plaisir féminin. Ces démarches vont de pair avec le droit à la contraception, à l'avortement, à la reconnaissance du viol et à la restauration d'une image tronquée de la sexualité féminine.

La lutte pour la reconnaissance de la femme qui se développe à cette époque est perceptible dans *L'Amant*, puisqu'il met en scène une jeune fille qui, par sa première expérience sexuelle, recherche le plaisir et affirme une sexualité naissante. Par sa rencontre avec le Chinois, elle s'émancipe des lois familiales et sociétales et fait passer son expérience et ses choix en premier lieu. Même si les interprétations de ce roman sont multiples et complexes, celui-ci soulève forcément des questions sur la liberté, le désir féminin et la recherche d'une identité personnelle.

ANALYSE DES PERSONNAGES

LA JEUNE FILLE

La jeune fille, identifiée comme la narratrice, est décrite comme innocente et provocante à la fois. Marguerite Duras joue sur les contrastes en indiquant qu'elle n'a que 15 ans et un corps d'enfant, mais que lors de sa rencontre avec le Chinois, elle est maquillée et porte une robe en soie assortie à des chaussures lamées or et à un chapeau d'homme. Malgré sa jeunesse, elle est consciente de l'effet qu'elle produit sur les hommes en général et sur son amant en particulier. Cette tenue, choisie par sa mère, révèle également l'ambiguïté de la relation maternelle. En effet, la jeune fille sait que sa mère, en la revêtant d'une robe transparente et de chaussures de soirée, la rend séduisante pour une éventuelle rencontre avec un homme.

Dès leur première entrevue, elle suit le Chinois sans hésitation et lui demande de la traiter comme les autres femmes qu'il voit. Elle refuse l'amour qu'il déclare lui porter, mais accepte de lui donner son corps. Elle décide donc du moment de sa première expérience sexuelle et, de ce fait, va à l'encontre des normes sociétales de l'époque. La narratrice recherche la jouissance et l'éloignement du cadre familial et fait ainsi preuve d'une liberté d'esprit rare pour son jeune âge. Elle dit ne pas éprouver de sentiment à l'égard de son amant et ne le voit que pour leur relation physique et son argent. C'est en le quittant qu'elle réalise qu'elle l'a sans doute aimé.

L'amant chinois est un homme élégant, habillé à l'euro-péenne. Il n'est jamais nommé alors que certains person-nages, comme la camarade de pension Hélène Lagonelle, le jeune frère Paul et la servante Dô, sont parfois désignés par leur nom. La jeune fille le décrit comme « maigre [...], faible [...], souffrant » (p. 49). Il manque de virilité, sa peau est imberbe, mais douce et dorée. Sensible, il lui dévoile souvent ses peurs et ses souffrances. À la fin du récit, plusieurs années après leur séparation et leur mariage respectif, il éprouve toujours de vifs sentiments pour la narratrice.

Peu de temps après leur rencontre, le Chinois emmène la jeune fille dans sa garçonnière de Cholen et tombe fou amoureux d'elle, malgré leur différence de classe. Son père, à qui il doit sa fortune, lui interdit toutefois de s'unir avec la jeune fille. Malgré les sentiments qu'il éprouve, il est trop faible pour s'opposer à lui. Il est par ailleurs conscient que la jeune fille ne lui appartiendra jamais, même sans l'aval de son père, parce qu'elle est trop indépendante pour lui. Celle-ci précise également que leur relation n'a aucun avenir « parce que c'est un Chinois, que ce n'est pas un blanc » (p. 65). En tant que tel, la famille de la jeune fille le considère comme inférieur à elle et indigne de son amour, témoignant donc d'un certain racisme.

LA MÈRE

La mère est un personnage ambivalent, parfois joyeux, parfois dépressif. Décrite à certains endroits comme folle et irresponsable, elle est souvent incapable de s'occuper de ses enfants. La jeune fille exprime une certaine honte par rapport à elle, à ses vêtements négligés, à son manque de discrétion. La narratrice hait et aime sa mère en même temps, comme le montrent ces quelques mots qui reviennent régulièrement : « la saleté, ma mère, mon amour » (p. 31).

La mère quitte le Viêt Nam durant quelques années et s'installe avec sa fille à Paris avant de retourner à Saigon pour y fonder une école de français. Pour elle, la formation scolaire est primordiale et, comme les deux frères ont déçu ses espoirs en arrêtant leurs études, elle fait reposer toutes ses attentes sur sa fille. Elle ne donne aucun crédit au désir de celle-ci de devenir écrivain et la pousse à terminer ses études de mathématiques. Ce manque de considération pour ce que la jeune fille considère comme sa vocation la blesse profondément.

Tout en feignant l'ignorance sur la liaison de sa fille, la mère accepte que le Chinois l'entretienne et qu'il offre des soirées hors de prix à sa famille. Elle ne parle jamais de l'amant, qu'elle n'apprécie pas, excepté ce jour où elle entre en furie et déshabille la jeune fille rageusement afin de trouver une preuve du déshonneur qu'elle jette sur la famille en se comportant comme une prostituée. Ruinée par ses mauvais investissements, la mère ferme toutefois les yeux sur cette relation qu'elle désapprouve, car sa cupidité passe avant son amour pour ses enfants.

LE FRÈRE AÎNÉ

Le frère aîné est décrit comme un homme méchant, irresponsable, qui fume, boit et vole. Violent, il incite sa mère à battre sa sœur pour qu'elle avoue sa relation avec le millionnaire chinois, bien qu'il n'ait pas hésité à la pousser à se prostituer.

La narratrice soupçonne son frère d'avoir été mêlé à des affaires douteuses durant l'Occupation allemande et explique qu'il n'obtiendra un travail honnête qu'à l'âge de 50 ans. Elle déclare à plusieurs reprises vouloir le tuer, à la fois parce qu'il est le préféré de leur mère et parce qu'il menace leur jeune frère qu'elle tente de protéger.

Le frère aîné est celui des trois enfants qui a la relation la plus forte avec sa mère, le seul qui la comprenne réellement. Le lien qui unit les deux personnages se rapproche parfois d'une passion à la limite de l'inceste. La jeune fille avoue qu'elle-même a parfois des pensées incestueuses pour son frère aîné, notamment lorsqu'elle l'imagine hanter la garçonnière du Chinois. Même si la crainte et la haine prédominent dans leur relation, elle évoque à de rares occasions une certaine compassion à l'égard de son grand frère.

LE FRÈRE CADET

Le frère cadet, Paul, est régulièrement martyrisé par son frère aîné. Surnommé Paulo, il est qualifié de doux et de fragile. La jeune fille se souvient de lui à travers des scènes de rires, de jeux d'enfants et de danse qui permettent au lecteur de deviner l'affection qu'elle lui porte.

Elle semble toutefois éprouver pour lui des sentiments qui se situent une fois de plus à la limite de l'inceste. Elle l'aime intensément et éprouve à certains moments une sorte de jalousie, notamment lorsqu'elle l'aperçoit avec une femme sur le paquebot qui les mène en France.

À sa mort, la jeune fille est dévastée.

ANALYSE DES THÉMATIQUES

L'INDOCHINE FRANÇAISE

Une histoire mouvementée

À la fin du XIXe siècle, la France, en pleine période d'industrialisation, cherche un marché pour écouler sa production. Quand l'empereur Napoléon III (1808-1873) apprend que les missionnaires français présents en Asie sont persécutés, il profite de ce prétexte pour envahir le continent asiatique. La conquête française s'annonce longue et violente. Elle commence en 1859 avec la prise de Saigon. L'Union indochinoise est proclamée en 1887, mais c'est seulement en 1907 que tous les territoires composant l'Indochine sont finalement rassemblés.

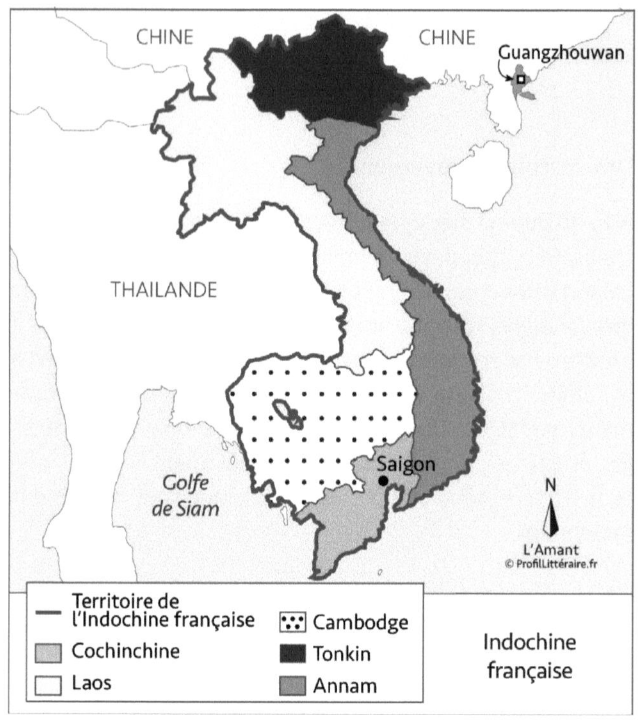

Elle compte cinq régions : la Cochinchine, l'Annam, le Tonkin, le Cambodge et le Laos, auxquelles se rajoute le Guangzhouwan, un ensemble de terres chinoises prêtées à la France. Ces différents protectorats, dont le but premier était d'ouvrir les marchés chinois aux Français, deviennent rapidement une colonie prospère. En effet, au début du XXe siècle, l'Indochine constitue la plus rentable des colonies françaises grâce aux ressources du pays comme le riz, le caoutchouc, le charbon, le thé ou encore le café. La

France entreprend de grands travaux publics et développe l'agriculture. Des banques, des hôpitaux, des voies ferrées, des routes et des écoles sont construits, ce qui contribue à moderniser le pays.

La diminution des maladies et des épisodes de famine donne aux Français le sentiment que la colonisation profite aux populations indigènes, mais des révoltes doivent fréquemment être étouffées. En effet, la conquête militaire de ces territoires a pour conséquence de former un ensemble artificiel de peuples aux cultures très différentes. De plus, l'Indochine n'est pas ce qu'on appelle une colonie de peuplement : très peu de coloniaux vivent sur place. Les Français ne sont que 30 000 pour contrôler plus de 20 millions d'Indochinois. Pour renforcer leur pouvoir, ils s'allient donc avec les élites locales. Cette intelligentsia formée dans les écoles françaises cultive à la fois la culture traditionnelle asiatique et les nouvelles valeurs inculquées par les Français. Par conséquent, l'écart se creuse entre une classe éduquée, enrichie par l'industrie et le commerce, et les paysans qui travaillent dans les mines ou dans les plantations d'hévéas dans des conditions souvent déplorables. De nombreux Indochinois sont également mis au service des coloniaux comme domestiques, et des taxes et des impôts sont mis en place. Cet état de servitude ainsi que la corruption très présente augmentent la colère des populations indigènes. Les colonisés sont exploités, leur liberté est restreinte, ce qui provoque de nombreuses révoltes dès le début de la colonisation. Ces contestations ainsi que les mouvements indépendantistes émergents sont réprimés par des raids dans les villages, lors desquels les coupables sont torturés, violentés ou enfermés dans des camps de détention.

Cette agitation atteint son apogée pendant les années trente. Les nombreuses forces présentes sur place compliquent la situation et favorisent un contexte explosif qui sera à l'origine de la guerre d'Indochine (1946-1954). En 1931, le Japon attaque la Chine et s'installe aux frontières indochinoises, pour ensuite envahir le pays huit ans plus tard. La France, focalisée sur la guerre qui se prépare en Europe, est incapable de riposter et laisse les Japonais s'emparer de ses territoires. Les forces nippones prennent donc le contrôle des bases navales françaises et installent leur pouvoir. Même si la cohabitation avec les Français se passe relativement bien, les Japonais attisent les mouvements nationalistes pour conserver leur toute-puissance sur leurs ennemis. Dans le même temps, Hô Chi Minh (1890-1969) fonde le Parti communiste indochinois et appelle à la lutte contre les coloniaux français, avant de créer le Viêt-minh, une ligue militant pour l'indépendance du Viêt Nam.

Le 9 mars 1945, à la surprise générale, le Japon attaque l'Indochine française. Les Japonais mettent les forces françaises à genoux en une journée et commettent des atrocités sur la population française. Malgré le soutien des États-Unis, la France ne reprendra jamais le contrôle sur l'Indochine, plongée au cœur des luttes nationalistes du Viêt-minh et des élans communistes de la Chine. En 1954, le Viêt-minh vainc les Français. En mai de la même année, les accords de Genève partagent le Viêt Nam en deux États distincts et reconnaissent l'indépendance du Cambodge et du Laos. En septembre, les Français, décimés par les conflits, ont définitivement quitté l'Indochine. La guerre froide bat alors son plein, et la colonie française ne peut résister aux tensions grandissantes qui conduisent à la guerre du Viêt Nam.

La vie dans la colonie

Une grande partie de l'œuvre de Marguerite Duras est nourrie par son enfance en Indochine. En effet, le lexique colonial indochinois et ses décors peuplent certains de ses romans où se côtoient le bac, la concession, les animaux de la région, le Mékong, la nature luxuriante, etc., alors que l'exotisme asiatique rencontre un grand succès en France à travers une littérature coloniale aujourd'hui oubliée. Marguerite Duras se démarque toutefois de ce genre pour traiter des problèmes et des tabous réels de la société indochinoise. La pauvreté des colonisés et leur exploitation apparaissent clairement dans *L'Amant*. L'exemple de la mendiante, un des personnages clés de Duras, témoigne de cette misère dans laquelle vit la population indigène. Même si la famille de l'auteure connaît elle aussi des problèmes d'argent, ce manque de moyens n'est pas comparable à celui des familles locales. De plus, la brutalité avec laquelle les populations indochinoises étaient parfois traitées transparaît également dans le roman. Forte de ses convictions anticolonialistes, Marguerite Duras dévoile à travers les pages de son livre l'envers du décor.

En mettant en scène une jeune fille européenne et son amant chinois, l'auteure souhaite également dénoncer le racisme latent. En effet, dans les témoignages des Français de l'époque, la population asiatique est qualifiée de « race jaune aux traits physiques peu avantageux ». Les autochtones sont en outre accusés par certains d'être sales, voleurs, sans conscience morale, paresseux, cruels ou encore menteurs. Malgré tout, les Français semblent majoritairement éprouver de la sympathie pour un peuple qu'ils reconnaissent aussi comme doux, soumis, silencieux et conciliant. Cela ne les empêche pas de les considérer comme inférieurs et d'utiliser une partie de la population comme domestiques. De ce fait, les relations intimes avec les indigènes sont extrêmement mal vues. La liaison qu'entretient la jeune fille avec le Chinois paraît donc encore plus scandaleuse pour l'époque, même si l'homme que choisit la narratrice fait partie de l'élite locale. En effet, même si les Blancs se prétendent supérieurs parce qu'ils sont à la tête de l'administration et de l'industrie, la société coloniale valorise aussi les Chinois par rapport aux autres peuples d'Indochine. On constate à cet égard que la famille de Marguerite est plus pauvre que celle de son amant chinois. C'est d'ailleurs pour cette raison que le père de l'amant rejette la jeune fille. Les différences de classes sociales sont donc très complexes en Indochine, entre les Asiatiques et les Européens, les Chinois et les Indochinois. Même si entre la narratrice et l'amant, le racisme a peu de place, l'importance du regard de son entourage et du point de vue de la colonie influence fortement leur relation.

UNE LIAISON QUI DÉRANGE

L'Amant, même s'il a rencontré un grand succès, choque par certaines de ses thématiques. Paru dans les années quatre-vingt, il fait écho à l'émancipation féminine qui questionne les tabous de l'époque liés au sexe et au désir féminin. Écrire sur le plaisir sexuel avec une telle franchise représente un acte fort. À l'époque de la liaison relatée, les relations charnelles en dehors du mariage n'étaient pas tolérées. Or l'adolescente demande expressément à son amant de faire son initiation sexuelle, et ce alors même qu'elle sait que toute union entre eux est impossible. En prenant cette décision, elle s'éloigne consciemment de l'univers de l'enfance pour devenir adulte, mais elle s'écarte également de toutes les normes qui régissent la société coloniale française. *L'Amant* peut donc être envisagé comme un récit d'initiation, où le trajet sur le bac symbolise la sortie de l'innocence.

Non seulement les actes sexuels et l'amour physique sont racontés par l'auteure sans pudeur, mais elle évoque en plus une relation entre une jeune fille et un homme qui a beaucoup d'expérience avec les femmes. Douze ans séparent les deux amants et, même s'il fait partie des familles privilégiées, l'homme est un Chinois, alors que la jeune fille appartient à une famille de coloniaux. Les habitants de la région s'indignent de cette relation, et les rumeurs courent sur le compte de celle que certains appellent « l'enfant prostituée ». Car en plus de la différence d'âge, de classe et d'origine, la jeune fille est entretenue par son amant, et sa famille bénéficie de cette richesse, ce qui apparente donc leur liaison à une histoire de prostitution.

À ce sujet, les rapports qu'entretient la jeune fille avec ses proches restent ambivalents tout au long du récit. Si certains critiques estiment que *L'Amant* est le récit d'une libération des normes et de la famille, d'autres considèrent que la narratrice reste entravée par le cadre familial. En effet, la mère et les frères, même s'ils n'empêchent pas totalement la relation, ont une influence sur les faits et gestes de la jeune fille et sur la façon dont elle perçoit son amant. Lors des repas avec la famille par exemple, la jeune fille s'intéresse peu au Chinois et le méprise, à l'image de son frère aîné. Malgré le fait qu'ils apprécient l'argent que rapporte cette liaison, ils dénigrent l'amant et accusent la jeune fille d'amener le déshonneur sur la famille.

UNE MORT OMNIPRÉSENTE

Marguerite Duras exploite dans ce roman ce qui est appelé l'effet de catharsis de l'art. Ce procédé théorisé par Aristote (philosophe grec, 384-322 av. J.-C.) consiste à montrer sur scène les passions et les angoisses profondes pour les évacuer de l'esprit du spectateur. En écrivant sur la mort, on pourrait ainsi considérer que Marguerite Duras se purge de ses peurs par le biais de la littérature.

Dans *L'Amant*, les morts sont multiples, et le deuil engendre souvent une évolution. La narratrice relate ainsi la fin de chacun de ses proches. Déjà, les premières phrases du livre annoncent la prégnance de ce thème, avec la description du visage vieillissant de la narratrice qui dénote la proximité de sa fin. Plus loin dans le récit, elle évoque son grand frère qui meurt seul après avoir dilapidé son héritage. Mais ce qui fait souffrir la narratrice ici n'est pas tant la perte d'un frère que la fin tragique qu'il a connue. Peu avant lui, c'est sa mère qui s'est éteinte dans un vieux château de la Loire, entourée par la servante Dô et son fils aîné. Ce n'est qu'à la suite de cet événement que la narratrice parvient à se détacher à la fois de sa peur de la folie de la mère, du rejet maternel de son écriture et de la censure qu'elle maintenait par rapport à l'épisode de sa liaison avec le Chinois. Mais la mort qui attriste le plus la narratrice est celle de son petit frère. L'annonce de cette perte est transmise de façon brutale et inattendue par la mère, mais elle intervient également à l'époque où la narratrice donne naissance à un enfant mort-né. Cette double perte plonge la jeune femme dans une douleur telle que sa propre fin lui apparaît comme une délivrance.

D'autres décès renforcent également la présence du thème dans le texte, comme celle de l'enfant de la mendiante, celle de son père, le suicide d'une femme connue dans la colonie ainsi que celui d'un homme sur le bateau qui la mène en France.

Enfin, la mort apparaît encore de manière symbolique. La puberté et l'éveil à une nouvelle vie passent par la destruction de ce qui était avant. À travers son initiation à l'amour, la jeune fille se détache du monde de l'enfance et grandit. Enfin, le plaisir et les orgasmes (la petite mort) que décrit la narratrice symbolisent aussi métaphoriquement le trépas.

L'ÉVEIL D'UNE VOCATION

En parallèle de ces thématiques, *L'Amant* aborde la naissance de la vocation littéraire de Marguerite Duras. Le désir d'écrire évoqué à de nombreuses reprises dans le texte est un sujet de discorde avec la mère. En effet, quand la narratrice lui avoue son envie, elle est aussitôt rabrouée. En entamant une liaison avec son amant, la jeune fille se défait progressivement de l'emprise maternelle. Il est d'ailleurs la première personne à donner du crédit à cette aspiration. Même si le Chinois échoue à séparer la mère et la fille puisqu'elles quittent ensemble l'Indochine, la distance qu'il a installée entre elles la pousse vers l'écriture.

Marguerite Duras ne recevra jamais l'appui de sa génitrice quant à son choix de métier. Quand celle-ci finit par lire *Un barrage contre le Pacifique*, elle reproche à Marguerite d'étaler leur vie et l'échec de la concession familiale dans un roman. Marguerite Duras souffrira toute sa vie de ce rejet.

L'Amant relate donc la libération sexuelle de la narratrice, mais aussi la révélation de son identité profonde : « Je crois que ma vie a commencé à se montrer à moi. [...] Je vais écrire des livres. C'est ce que je vois au-delà de l'instant, dans le grand désert sous les traits duquel m'apparaît l'étendue de ma vie », dit-elle (p. 126). Lors de la sortie du roman, elle déclare d'ailleurs que le livre porte sur l'écriture et non pas sur sa première relation sexuelle ou sur sa vie en Indochine.

En choisissant ce métier, Marguerite Duras démontre une nouvelle fois son désir de s'émanciper des diktats de la société. À l'époque, le métier d'écrivain était en effet un métier d'homme, et beaucoup n'appréciaient guère qu'une femme écrive.

STYLE ET ÉCRITURE

« L'ÉCRITURE COURANTE »

Lorsqu'on évoque l'œuvre de Duras, les critiques discernent souvent l'existence de deux périodes : un avant et un après *L'Amant*.

Au début de sa carrière, Marguerite Duras s'inscrit dans ce qu'on appelle le réalisme autobiographique. D'une structure classique, ses premiers livres s'apparentent au roman réaliste. Si les motifs de son œuvre sont présents dès le départ, la forme libérée et l'utilisation de la première personne du singulier arrivent toutefois plus tard. Déjà dans *Moderato cantabile* (1958), le lecteur découvrait une action ralentie, une écriture neutre et une syntaxe simple qui laissaient transparaître une parole déliée et libre de toute censure. Avec *L'Amant*, Marguerite Duras assume le « je » et va vers une littérature différente.

Marguerite Duras a affirmé à plusieurs reprises que l'écrit naissait de la vie. L'œuvre littéraire permettrait donc d'atteindre une « vérité personnelle » qui transparaît dans les souvenirs couchés sur le papier. Duras déclare à ce sujet qu'être écrivain, c'est se donner une vie compliquée, tomber dans les excès pour ensuite utiliser cette existence comme base au récit. Comme le matériau de l'écriture durassienne se constitue d'après ce qu'elle vit, il semble naturel que l'auteure ait voulu intégrer les interviews et les articles de journaux dans son œuvre. Partant de ce postulat, tout peut devenir littérature, et vie et écriture sont intimement liées.

Marguerite Duras explique d'ailleurs que *L'Amant* était au départ une tentative de se connaître elle-même, d'aller chercher dans son passé ce qu'elle est réellement.

Son quotidien nourrit sans doute ses œuvres, mais l'auteure doit également développer une écriture adaptée pour l'exprimer. Si son style était très travaillé au début de sa carrière, à partir des années soixante, elle lâche prise et laisse l'écriture venir naturellement. Elle estime que sa recherche aboutit avec *L'Amant*. Dans celui-ci, elle met au point un style simple qui lui permet de saisir directement l'idée qui traverse ses souvenirs. Le texte part de la mémoire pour ensuite la dépasser, comme c'est le cas lorsqu'elle évoque les souvenirs de sa mère : « C'est fini, je ne me souviens plus. C'est pourquoi j'en écris si facile d'elle maintenant, si long, si étiré, elle est devenue écriture courante » (p. 38). Avec ce qu'elle appelle l'écriture courante, Duras invente un style proche du vécu qui suit le fil de la réflexion et qui mêle la narration chronologique d'un épisode et les souvenirs qui surgissent par association libre. Il s'agit pour elle d'une « écriture presque distraite, qui court » (« Le Goncourt : Duras », in *INA.fr*), tellement rapide qu'elle peut suivre la pensée. Cela explique notamment la vitesse avec laquelle elle est parvenue à écrire le roman, puisque seuls trois mois lui ont été nécessaires.

UN STYLE SIMPLE ET POÉTIQUE

Pour Duras, le livre est la seule possibilité pour l'écrivain de rassembler les différentes facettes de sa personnalité. Mais ce moi pluriel et fragmenté est source d'une certaine incohérence dans ses textes. Duras dit d'ailleurs qu'elle « désécrit » plus qu'elle n'écrit, révélant par là une écriture hétérogène. La vitesse prônée par l'écriture courante produit en effet des phrases émiettées, des écrits comme troués. Le texte est décousu, composé de nombreux paragraphes indépendants les uns des autres qui suivent le chemin de la mémoire.

Le résultat de cette « écriture courante » est un langage épuré et poétique. Marguerite Duras développe un style particulier où les phrases sont courtes et le lexique simple. L'écriture est semblable à celle du premier jet ; c'est une langue spontanée et authentique. Ce langage minimaliste s'apparente à la poésie par les fréquentes répétitions qui apportent un rythme, une musicalité au texte. De même, chaque mot est choisi avec soin. Même si Duras explique qu'elle utilise les mots comme ils viennent sous sa plume et qu'elle ne s'occupe pas du style, ses romans sont très travaillés, comme le montrent ses brouillons dans lesquels il lui arrive souvent de rayer certaines phrases superflues, de revoir le vocabulaire de certains paragraphes, etc., pour rendre au mieux ses souvenirs.

Lorsque l'on étudie le style durassien plus en profondeur, le premier élément qui saute aux yeux est l'apparente absence de dialogues. Pourtant, même s'ils ne sont pas signalés par des tirets ou des guillemets comme dans les romans tradi-tionnels et qu'ils mêlent le style direct et indirect, ils sont bel et bien présents, mais sont imbriqués dans le texte. Ce procédé renforce l'impression d'immédiateté de l'écriture, comme si l'auteure retranscrivait la conversation qu'elle venait tout juste d'avoir.

L'auteure donne l'impression de suivre le fil de sa mémoire, et son écriture se rapproche de l'oralité, ce qui suppose des ellipses dans le dialogue et dans le récit. Comme le roman suit ses souvenirs, il est également atemporel, ce qui transparaît notamment dans la confusion des temps.

Dans ces deux paragraphes très courts, l'auteure utilise cinq temps différents parce qu'elle raconte à la fois son souvenir de la mendiante, son utilisation du personnage dans ses romans, la description précise de la jeune femme, puis la fin de l'enfant qui advient plus tard. Les mots se placent où et quand ils viennent, comme si l'auteure n'intervenait pas, ce qui donne lieu à des constructions de phrase aléatoires,

désordonnées, où le sujet se place parfois en début de proposition, parfois en fin.

Pour finir, les renvois à la ligne, les silences et les cris sont
prédominants dans les œuvres de Duras, ce qui produit un
texte fragmenté où la liberté d'expression semble totale.
Selon l'auteure, l'écriture ne se compose pas que de mots,
mais aussi de ponctuation, d'espaces. Le blanc de la page
prend beaucoup de place entre les nombreux paragraphes,
car il est plein de signification.

LA QUESTION DE L'AUTOBIOGRAPHIE

Au moment de sa publication, *L'Amant* a été qualifié de
roman autobiographique ou d'autofiction, c'est-à-dire que
l'œuvre est considérée comme un mélange entre le vécu et
l'imaginaire. Cependant, Marguerite Duras a tout d'abord
refusé cette catégorisation en avançant le côté fictif de son
roman. Mais suite au succès grandissant de son œuvre, elle
a finalement accepté cette dénomination.

Plusieurs éléments incitent en effet le lecteur à lier la
narratrice du roman à l'auteure. Le personnage principal de
L'Amant a, comme Marguerite Duras, perdu son père très
jeune, vécu toute son enfance en Indochine avec ses deux
frères et été élevé par une mère qui a dilapidé tout son
argent. En outre, la description du visage de la narratrice se
rapproche du portrait de la romancière.

Malgré ces similitudes, il existe également plusieurs preuves
du caractère fictionnel de *L'Amant*. Ce qui remet tout
d'abord en doute la véracité du récit, c'est que Marguerite

Duras relate la même histoire à plusieurs reprises et selon des versions différentes. En effet, l'auteure aborde sa liaison avec le Chinois dans *Un barrage contre le Pacifique* (1950) et dans *L'Amant de la Chine du Nord* (1991). Le journal de l'auteure permet en outre de repérer quelques entorses à la réalité. Par exemple, ni la pension décrite dans le roman ni la camarade Hélène Lagonelle ne semblent exister. Ensuite, Léo, l'amant chinois, est décrit dans le journal comme un homme laid et repoussant qui dégoûte Marguerite. Elle n'a qu'une seule et unique relation sexuelle avec lui, juste avant son départ pour la France. Quand Marguerite lui demande de l'argent pour ce moment d'intimité et lui propose de recommencer, l'homme refuse, choqué par sa proposition. De même, elle protège sa mère dans le roman en prétendant que malgré ses doutes, elle n'a jamais connu la véritable nature de leur liaison, ce qui est faux. La relation avec l'amant se rapproche en réalité d'une histoire de prostitution, d'un trafic encouragé par la famille. L'auteure transforme donc cet épisode sordide en un conte érotique. Elle brouille les pistes et rend les limites entre la réalité et la fiction impossibles à définir.

Au niveau stylistique également, Marguerite installe le doute quant à l'identité réelle de sa narratrice. La romancière alterne en effet les passages à la première et à la troisième personne du singulier. Elle dédouble également le « je », ce pronom représentant à la fois la jeune fille de 15 ans et la narratrice qui relate ses souvenirs. Les épisodes racontés renforcent encore la confusion par rapport au personnage principal, puisque certains passages sont vécus par la narratrice tandis que d'autres sont relatés alors qu'elle en est absente. Le récit est donc peu cohérent et plonge le lecteur dans un flou le poussant à devoir trouver une logique propre.

On retrouve donc dans l'œuvre durassienne plusieurs facettes d'un « je » multiple. En ce sens, la narration ne renvoie qu'au livre et pas à une réalité extérieure, et la véracité de la fiction importe peu. Pour Marguerite Duras, le vrai et le faux n'ont pas de poids en littérature. Elle affirme d'ailleurs : « L'histoire de ma vie n'existe pas. Ce n'est pas pour raconter mon histoire que j'écris. L'écrit m'a enlevé ce qui me restait de vie, m'a dépeuplée et je ne sais plus de ce qui est écrit par moi et de ce que j'ai réellement vécu ce qui est vrai. » (ADLER (Laure), *Marguerite Duras*, Paris, Gallimard, 1998, p. 782) Non seulement Duras perturbe le lecteur en écrivant plusieurs versions de son passé, mais elle se perd finalement elle-même dans ce jeu. Elle corrige son histoire personnelle au point qu'elle en arrive à croire à ce qu'elle écrit et pense par exemple que son amour pour l'amant était réel. Le doute persiste donc quant au caractère de ce roman où le projet littéraire et l'écriture idéale de Marguerite Duras trouvent leur aboutissement.

LA RÉCEPTION DE *L'AMANT*

UN SUCCÈS PLANÉTAIRE

En 1984, Marguerite Duras reçoit le prix Goncourt pour son roman *L'Amant*. Le succès de celui-ci est considérable : plus de 2 400 000 exemplaires se sont vendus à travers le monde. Avec ce premier succès populaire, Marguerite Duras devient une célébrité mondiale.

Le premier tirage de son livre (25 000 exemplaires) est écoulé en l'espace de quelques heures seulement. Vu le succès rencontré, l'auteure est invitée dans l'émission littéraire *Apostrophes* présentée par Bernard Pivot, et sa prestation ravit le public. Si le livre convainc déjà en lui-même, l'obtention du Goncourt et son passage à la télévision font le reste du travail, et lorsque Marguerite Duras déclare aux téléspectateurs que son roman s'inspire de sa propre vie, le succès se renforce encore. L'engouement du public est tel que l'imprimeur est incapable de suivre la cadence par manque de papier, et nombreux sont les lecteurs à écrire à l'auteure pour partager leurs expériences, comparer leur histoire à la sienne.

Marguerite Duras veille à son succès et exige d'ailleurs que *L'Amant* ne soit jamais publié en version poche. L'auteure savoure ce qu'elle considère comme une revanche contre tous ceux qui la dénigraient, la qualifiaient de trop intellectuelle, de communiste, de marginale. Mais cette nouvelle célébrité laisse des marques : alors que l'auteure parlait déjà d'elle à la troisième personne du singulier depuis quelque temps,

elle se qualifie désormais de génie et se nomme elle-même
« la Duras ».

L'ADAPTATION CINÉMATOGRAPHIQUE

L'Amant a souvent été comparé à un album photo et de fait,
le roman naît à la fois du journal de Marguerite Duras, mais
aussi du « Cahier rose marbré », un ensemble de photogra-
phies que l'auteure a retrouvé avec son fils qui lui a proposé
d'en faire un film. Il est donc tout naturel que le texte soit
adapté au cinéma.

À la demande du producteur Claude Berri, Marguerite Duras
travaille sur le scénario de *L'Amant*. Il lui propose comme
étape de travail de lire son texte face à la caméra, mais dès
les premiers mots, l'émotion gagne l'auteure, et elle finit en
sanglots. Très concernée par le message que transmettra le
film, elle aimerait que le public voie à l'écran ce que le roman
visait au départ, mais que le succès lui a enlevé, c'est-à-dire
l'histoire d'une jeune fille qui découvre grâce à son amant
sa vocation d'écrivain. Elle ne veut pas d'un film érotique,
d'une histoire d'amour, mais d'un film sur l'écriture. Au
travers des enregistrements, Marguerite réécrit le livre
et s'éloigne du livre original. Après plusieurs discussions,
Claude Berri lui donne la permission d'écrire un scénario
différent du roman. Parallèlement à cet accord, il contacte
Jean-Jacques Annaud, le réalisateur, qui travaillait lui aussi
sur l'adaptation du livre, mais en choisissant de mettre en
avant l'aventure amoureuse et le côté exotique du récit.

En 1987, Marguerite fait un malaise et sombre dans le coma.
Les médecins la déclarent perdue. Le projet doit donc suivre

son cours sans elle. Quand elle se réveille finalement, elle réalise lors des rencontres avec Annaud qu'ils ne sont pas sur la même longueur d'onde. Des disputes éclatent et s'enveniment très rapidement. La situation est telle qu'il n'est plus possible pour eux de travailler ensemble. L'équipe demande alors à Marguerite Duras la cession de ses droits pour l'adaptation du roman, ce qu'elle finit par accepter contre une importante somme d'argent. Ce faisant, elle perd tout droit de regard sur le travail en cours et se sent dépossédée de son œuvre. N'ayant pas rencontré les acteurs incarnant ses personnages, elle s'insurge contre le choix de l'interprète de la jeune fille qu'elle trouve trop jolie. Malgré le désaccord de l'auteure quant au projet, le film, sorti en 1992, rencontre un succès mondial. Le public vietnamien apprécie tout particulièrement l'adaptation et des cassettes pirates de la version originale circulent au Viêt Nam où les scènes érotiques ont été censurées.

Suite à ces événements, Marguerite Duras se détache complètement de son roman, déclare qu'elle le déteste, qu'elle l'a écrit en vitesse, saoule, et que cette œuvre n'est rien d'autre que « de la merde » (ADLER (Laure), *op. cit.*, p. 850). Elle se remet donc au travail et en écrit une nouvelle version publiée en 1991, *L'Amant de la Chine du Nord*. Ce texte se base sur les esquisses du scénario de film que Duras transforme en roman et se distingue fortement de *L'Amant* : le texte est découpé en séquences et le récit est resserré autour de la figure maternelle. Avec cette nouvelle œuvre, Marguerite Duras prend de la distance par rapport à son passé, et le désir de mourir, d'en finir, la hante.

Cependant, à côté de cet engouement pour le roman et le film, les critiques fusent. Tout d'abord, en dehors de son œuvre, l'auteure crée la polémique en prenant position dans des scandales judiciaires ou en tenant des propos choquants. Marguerite Duras a un avis sur tout et prend un malin plaisir à scandaliser l'opinion publique. Elle déclare d'ailleurs que si le jury lui a d'abord refusé le Goncourt pour *Un barrage contre le Pacifique*, c'était à cause de ses opinions communistes.

Elle crée également le scandale en déstabilisant son image d'écrivain intellectuel. Cet aveu d'une liaison à l'âge de 15 ans, qui va à l'encontre de toutes les traditions de l'époque, choque le public. Duras fait étalage de sa propre vie et de sa sexualité, sans compter qu'elle choisit pour ce faire un style très particulier.

Marguerite Duras déchaîne ainsi les passions comme très peu d'auteurs l'ont fait au cours du XXe siècle. Son personnage et son œuvre, entités indissociables selon la vision de la littérature de Duras, sont à la fois vénérés, insultés, moqués et adorés. Outre le récit indochinois et son écriture particulièrement aboutie, le génie de l'auteure se retrouve peut-être également dans ce doute persistant et le bruit qu'il soulève autour de l'œuvre.

Votre avis nous intéresse !
Laissez un commentaire sur le site de votre librairie en ligne
et partagez vos coups de cœur sur les réseaux sociaux !

BIBLIOGRAPHIE

SOURCE PRIMAIRE

- Duras (Marguerite), *L'Amant*, Paris, Éditions de Minuit, 1984.

SOURCES BIBLIOGRAPHIQUES

- Adler (Laure), *Marguerite Duras*, Paris, Gallimard, 1998.
- Ageron (Charles-Robert) et Devillers (Philippe), « Les guerres d'Indochine de 1945 à 1975 », in *Les Cahiers de l'Institut d'Histoire du temps présent*, n° 34, Paris, Institut d'Histoire du temps présent, juin 1996.
- Ahlstedt (Eva), *Le « cycle du barrage » dans l'œuvre de Marguerite Duras*, Göteborg, Acta universitatis gothoburgensis, 2003.
- Ammour-Mayeur (Olivier), *Les imaginaires métisses. Passages d'Extrême-Orient et d'Occident chez Henri Bauchau et Marguerite Duras*, Paris, L'Harmattan, 2004.
- Armel (Aliette), « Le jeu autobiographique », in *Le Magazine littéraire*, n° 278, juin 1990, p. 28-31.
- Baqué (Françoise), *Le Nouveau Roman*, Paris, Bordas, 1970.
- Brunel (Pierre) et Huisman (Denis), *Introduction à la littérature française. Du Nouveau Roman à* La Chanson de Roland, Paris, Fernand Nathan, 1969.
- Cordellier (Serge), *Le dictionnaire historique et géopolitique du XXe siècle*, Paris, La Découverte, 2002.
- « Chemins de mémoire », in *Ministère de la Défense français*, consulté le 3 juillet 2016. http://www.cheminsdeme-

moire.gouv.fr/fr/la-presence-francaise-en-indochine

- FOURTON (Maud), *Marguerite Duras, une poétique de « l'en allé »*, Dijon, Éditions universitaires de Dijon, 2008.
- HUE (Bernard) (coord.), *Indochine. Reflets littéraires*, Rennes, Presses universitaires de Rennes, 1992.
- JANVIER (Ludovic), *Une parole exigeante. Le Nouveau Roman*, Paris, les Éditions de Minuit, 1964.
- « Le Goncourt : Duras », in *INA.fr*, consulté le 9 février 2016. http://www.ina.fr/video/CAB90021191
- MASSON (André), *Histoire de l'Indochine*, Paris, PUF, 1949.
- MASSOUTRE (Guylaine), « Creuser à l'os : le minimalisme de Marguerite Duras », in *Jeu : revue de théâtre*, n° 123, (2) 2007, p. 139-142.
- MEURÉE (Christophe), « Lis tes ratures. Duras au miroir du messianisme », in *Interférences littéraires*, n° 2, mai 2009, p. 141-158.
- MICHEL (Andrée), *Le féminisme*, Paris, PUF, 1997.
- PIAT (Julien), « Un amant inconstant », in *Le Magazine littéraire*, n° 513, novembre 2011, p. 78-79.
- RICARDOU (Jean), *Pour une théorie du nouveau roman*, Paris, Seuil, 1971.
- RUSCIO (Alain), *1945-1954 La mémoire du siècle, La guerre française d'Indochine*, Bruxelles, Éditions Complexe, 1992.
- RUSCIO (Alain), *Les communistes français et la guerre d'Indochine, 1944-1954*, Paris, L'Harmattan, 1985.
- RIVES (Maurice), « 1939-1954, les travailleurs indochinois en France », in *Revue Hommes et Migrations*, n° 1175, avril 1994.
- SAEMMER (Alexandra) et PATRICE (Stéphane), *Les lectures de Marguerite Duras*, Lyon, Presses universitaires de Lyon, 2005.

SOURCES COMPLÉMENTAIRES

* Alleins (Madeleine), *Marguerite Duras : médium du réel*, Lausanne, L'âge d'homme, 1984.
* Bajomée (Danielle), *Duras ou la douleur*, Bruxelles, De Boeck-Wesmael, 1989.
* Bajomée (Danielle) et Heyndels (Ralph) (dir.), *Écrire, dit-elle*, Bruxelles, Éditions de l'université de Bruxelles, 1985.
* « Dossier Marguerite Duras », in Le Magazine littéraire, n° 158, mars 1980.
* « Dossier Marguerite Duras », in Le Magazine littéraire, n° 278, juin 1990.
* « Dossier Marguerite Duras », in Le Magazine littéraire, n° 513, novembre 2011.
* Duras (Marguerite), *Écrire*, Paris, Gallimard, coll. « Folio », 1995.
* Duras (Marguerite), *Œuvres complètes*, Paris, Gallimard, coll. « La Pléiade », 2011-2014.
* Lejeune (Philippe), *Le pacte autobiographique*, Paris, Seuil, 1996.
* Marini (Marcelle), *Territoires du féminin avec Marguerite Duras*, Paris, les Éditions de Minuit, 1977.

ADAPTATIONS

* *L'Amant*, film réalisé par Jean-Jacques Annaud, avec Jane March, Tony Leung Ka-fai et Frédérique Meininger, France, Royaume-Uni et Viêt Nam, 1992.
* *L'Amant*, pièce de théâtre mise en scène par Astrid Bas et Ami Flammer, Paris, Théâtre national de la Colline, 2008.
* *L'Amant*, pièce de théâtre mise en scène par Sarah Fiorido,

Bruxelles, Théâtre du Grand Midi, février 2012.

SOURCES ICONOGRAPHIQUES

- Portrait de Marguerite Duras. La photo reproduite est réputée libre de droits.
- Portrait de M. Huynh Thuy, l'amant de Marguerite Duras alors qu'elle n'était qu'une adolescente. La photo reproduite est réputée libre de droits.

www.profil-litteraire.fr

Éditeur responsable : Lemaitre Publishing
Avenue de la Couronne 382 | BE-1050 Bruxelles
info@lemaitre-editions.com

ISBN ebook : 978-2-8062-7574-5
ISBN papier : 978-2-8062-7575-2
Dépôt légal : D/2016/12603/29
Couverture : © Lisiane Detaille.

Conception numérique : Primento,
le partenaire numérique des éditeurs.